LEO
FLO

Le livre sous le bras, la reine sortit du château en tenant Aurore par la main. Puis, laissant la petite fille jouer le long du chemin, elle l'ouvrit à la première page et commença à lire...

Une heure plus tard, lisant toujours, la reine arriva à l'orée de la forêt sans s'en apercevoir. Aurore la suivait, s'arrêtant de temps en temps pour jouer avec les cailloux.

Or, en ce temps-là, les forêts étaient infestées de brigands et ça, ce n'était pas écrit dans le livre.

La vraie princesse Aurore

Du même auteur, dans la même collection :

La grotte du dragon

La plus grosse bêtise

Le vrai prince Thibault

Mon extraterrestre préféré

Évelyne Brisou-Pellen
Illustrations de Thierry Christmann

La vraie princesse Aurore

RAGEOT

Couverture de Thierry Christmann.

ISBN : 978-2-7002-3364-3
ISSN : 1951-5758

À mes lecteurs du Liban.

Une **reine** trop distraite

La reine Éléonore était gentille, mais vraiment trop distraite. Elle oubliait de s'habiller le matin, elle oubliait l'heure du repas, elle oubliait ses invités, et même, parfois, elle oubliait qu'elle était la reine. Si bien qu'on pouvait la retrouver dans un champ, à garder un troupeau de moutons, ou sous un noyer, à gauler les noix, ou en train de construire un radeau sur le bord de la rivière.

Le roi trouvait que la vie était très difficile, avec une reine pareille. Souvent, il la grondait, mais cela ne servait à rien.

Il n'y avait qu'une chose que la reine n'oubliait jamais, c'était sa fille, une adorable petite princesse de trois ans qui, comme toutes les princesses, s'appelait Aurore. Elle l'emmenait partout avec elle, et le roi tremblait sans cesse qu'il n'arrive quelque chose.

Il n'avait pas complètement tort, le pauvre roi. Lui, il était déjà un peu vieux, un peu chauve, un peu voûté, et vraiment très raisonnable. Il voyait tous les dangers qui menaçaient sa fille, tandis que la reine n'en avait jamais imaginé un seul.

Mais le roi était également grincheux, impatient, de mauvaise humeur du matin au soir, et c'est peut-être pour oublier cela que la reine était devenue si distraite. Qui sait ?

Enfin, le jour où la reine oublia qu'on était samedi, le roi estima que ça ne pouvait plus durer. Il faut dire que normalement, le samedi, comme les servantes étaient au marché, la reine devait préparer elle-même le chocolat mousseux du roi.

Un comble ! C'est le roi en personne qui dut rappeler à sa femme qu'on était samedi. Et en plus, elle se dépêcha tant pour préparer le chocolat qu'il était à peine chaud et pas mousseux du tout. C'était trop. Le roi en avait plus qu'assez !

Il eut alors une idée qui lui parut excellente : il fouilla dans les livres de sa bibliothèque et trouva exactement ce qu'il fallait.

Il alla voir la reine.

– Éléonore, dit-il, je vous apporte un précieux cadeau. C'est un livre très intéressant. Regardez le titre : « Comment devenir moins distrait, en dix leçons et demie ».

– Dix leçons et demie ? s'étonna la reine.

– Euh… oui, dit le roi d'un ton embarrassé. Avant, il y en avait onze, mais j'ai eu besoin des deux dernières pages pour me fabriquer une couronne en papier, le temps que ma couronne en or soit réparée. Je pense que dix et demie, c'est bien suffisant. Lisez-le, je vous prie, et vous vous améliorerez peut-être enfin.

La reine était de bonne volonté. Elle promit d'étudier le tout très attentivement. D'ailleurs, ce livre était sûrement un très bon livre, car il lui fit faire des progrès avant même qu'elle ne l'ait ouvert : elle n'oublia pas de le prendre pour accompagner sa fille à la promenade.

Le chemin était très beau, bordé de fleurs, mais derrière les fleurs…

Ni la mère ni la fille n'aperçurent les deux yeux noirs qui guettaient dans les buissons. C'est au moment où Aurore se penchait pour regarder un escargot que le brigand lui tomba dessus.

Il la souleva d'une main de fer, la cala sous son bras et s'enfuit en courant.

– Mère ! hurla la petite. Mère !

Hélas ! La reine avait oublié d'enlever le coton qu'elle avait mis dans ses oreilles pour mieux dormir la nuit précédente. Et elle n'entendit rien. Rien du tout.

Quand la reine eut fini son chapitre, elle songea enfin à faire demitour. Un peu inquiète, elle chercha sa fille des yeux, puis appela :

– Aurore ! Aurore ! Ma chérie ! Réponds-moi !

Mais tout était silencieux.

Affolée, la reine se mit à courir en criant le nom de sa fille, elle regarda partout, derrière les arbres, dans les fossés, sous les buissons…

Rien.

Elle retourna au château en sanglotant.

Lorsqu'il apprit que la reine avait égaré Aurore, le roi entra dans une grande fureur. Il dit que ce n'était pas la peine d'avoir supporté les pleurs de sa fille quand elle était bébé, de lui avoir appris à se tenir droite, à parler et à faire la révérence, si c'était pour la perdre dans la forêt maintenant qu'elle savait tout cela.

De colère, il jeta le livre dans le feu et enferma sa femme dans sa chambre.

Des **brigands** trop gourmands

Au fond de la forêt, les brigands attendaient patiemment en sautant à la corde devant leur repaire.

– Me voilà ! cria le voleur de princesse. Je l'ai eue !

D'émotion, les brigands s'arrêtèrent de jouer et s'écrièrent :

– Il l'a eue ! Il l'a eue !

Ils entourèrent Aurore en riant et l'examinèrent.

– C'est elle, dit un vieux, elle a les joues rebondies, on voit qu'elle est bien nourrie.

– Écartez-vous, gronda le chef, vous allez lui faire peur.

Il se pencha vers la petite fille, qui semblait tout intimidée par cette bande de barbus, et demanda le plus gentiment possible :

– Comment t'appelles-tu ?

– Aurore, répondit la petite.

– Bien... bien...

– Maintenant, intervint un brigand, occupons-nous de la rançon. Combien allons-nous demander ?

– La petite doit peser quinze ou vingt kilos, dit un autre, alors demandons vingt kilos.

– Non, ce n'est pas assez. Il nous en faut au moins trente.

– Et de deux sortes.
– Oui, au chocolat et aux fruits.
– De plusieurs sortes de fruits.
– C'est ça, au citron et à la griotte[1], à l'ananas et à la fraise des montagnes.

La princesse était trop petite et elle ne comprenait rien. Elle ne savait pas ce qu'était une rançon et, si elle l'avait su, elle n'aurait pas compris davantage, car personne n'avait jamais vu d'argent parfumé au citron et encore moins à la fraise des montagnes.

Le chef des brigands arrêta les bavardages d'un geste ferme.

– D'abord, décida-t-il, cuisinons-la. Elle doit connaître les secrets.

1. Petite cerise.

Il se pencha de nouveau vers Aurore et demanda :

– Sais-tu faire le caramel au chocolat ?

– Je ne le sais point, mais je serais bien aise que vous me l'appreniez.

Le chef des brigands regarda Aurore avec étonnement. Elle parlait de manière si étrange qu'il avait du mal à la comprendre. Il eut un geste agacé.

– Et les bonbons au miel, sais-tu les fabriquer ?

– Je crains que cela ne fasse point partie de l'enseignement que me prodigue mon professeur, répondit-elle.

– Bon sang ! Tu es d'une nullité noire !

– Je connais certaines choses, mais pas ce que vous me demandez.

– Ah vraiment, on ne sait plus éduquer les enfants aujourd'hui ! Tout se perd.

La petite princesse remarqua que l'homme était déçu, alors elle demanda :

– De grâce, dites-moi votre souci !

– Mon souci ! hurla le chef, c'est ton ignorance !

Le plus vieux des bandits s'approcha et prit le chef par la manche :

– Tu ne trouves pas qu'elle parle bizarrement ?

– C'est vrai, reconnut le chef.

– Pourvu que Godor ne se soit pas encore trompé !

Le chef eut soudain l'air furieux et préoccupé. Il saisit Aurore par le poignet et demanda durement :

– Quel est le métier de ton père ?

– ... Je ne sais point. Je n'ai que trois ans.

Le chef des brigands commençait à en avoir plus que marre. Essayant de garder son calme, il s'informa :

– Que manges-tu le matin en te levant ?

– Je bois du lait.

– Et après ?

– Le midi, je mange des légumes avec de la viande et un fruit.

– Et après ?

– Au goûter, je bois du lait au miel avec une tartine beurrée.

– Bon sang! s'écria le brigand. Mais alors, quand manges-tu des bonbons?

– Jamais. Les bonbons, ça fait mal aux dents.

Les bandits demeurèrent stupéfaits. D'abord, ils pensèrent que cette fille était idiote; ensuite, ils commencèrent à avoir de sérieux doutes.

Le vieux, qui avait beaucoup d'expérience, se pencha alors vers Aurore.

– Je vais faire un petit test, annonça-t-il. Il faut juste que tu complètes le mot que je vais te dire. Voyons : Bon…

– … jour.

– Dra…

– … peau.

– Car…

– … rosse.

– Su…

– … jet.

Le vieux passa sa main sur son front, tandis que le chef criait :

– Tu as tout faux. C'était : bon-bon, dra-gée, car-amel, su-cette.

– Une fille de confiseur doit répondre bonbon, dragée, caramel, sucette, se fâcha Godor. Tu as tout raté.

– Ce n'est peut-être pas qu'elle a tout raté, remarqua le vieux, c'est peut-être que Godor s'est réellement trompé en l'enlevant. Tu n'es pas la fille du confiseur ?

– Je ne sais pas. Qu'est-ce qu'un confiseur ?

Un peu vexé, Godor s'écria :

– Je ne me suis sûrement pas trompé ! Je vais vous le prouver.

Et, se tournant vers Aurore, il demanda :

– Ton père... Qu'est-ce qu'il fait dans la journée ?

– Il reste à la maison. Souvent il s'installe devant un livre, et il tourne les pages de temps en temps.

Les bandits connaissaient bien ce genre de chose : ils avaient déjà vu des gens agir comme ça, et ils étaient persuadés qu'un livre était une sorte d'éventail.

– Qu'est-ce qu'il fait d'autre ?

– Il s'assoit dans un grand fauteuil et parle avec les sujets qui viennent le saluer.

– Je vois, dit le chef des brigands. Quelqu'un qui passe sa journée à s'éventer et à bavarder est un fainéant. Ça ne peut être qu'un roi.

– Misère ! s'exclama le vieux, au lieu de capturer la fille du confiseur, Godor a capturé la fille du roi !

Or on avait déjà capturé par erreur une fille d'apothicaire[1] qu'on n'avait pas gardée parce qu'elle ne savait faire que des tisanes contre le rhume, et que personne n'était jamais enrhumé.

1. Pharmacien d'autrefois.

Ensuite, on était tombé sur une fille de professeur qui savait seulement lire, et à quoi ça sert, on se le demande !

Puis sur une fille de paysan qui savait juste traire les vaches, alors qu'on n'avait pas de vaches.

Mais cette fois, une fille de roi, c'était le comble, car une fille de roi, ça ne sait rien faire du tout !

On parlementa longuement et on décida finalement qu'on s'y prendrait comme pour les autres…

Le chef des bandits la jeta sur son épaule et s'enfonça avec elle dans la forêt.

Une petite fille si mignonne

De ce jour-là, curieusement, la reine n'oublia plus rien. C'en était même insupportable. Elle savait combien de feuilles portait le platane, et s'il en manquait une, elle voulait découvrir où elle était passée : on devait alors fouiller le parc pour la retrouver. Elle savait combien il y avait de dragées dans la bonbonnière, et plus personne ne pouvait en grignoter discrètement. Mais le pire, c'est qu'elle se rappelait toutes les méchancetés que le roi lui avait dites, et cela lui rendait la vie bien amère.

Curieusement aussi, la reine s'évanouissait souvent. Peut-être parce que c'était un moyen d'oublier ses soucis, au moins pour un instant.

Les semaines passèrent, les mois, et la vie n'était plus agréable pour personne, au château. Des années s'écoulèrent ainsi, sans la moindre joie. La reine, qui se rappelait en détail chaque jour passé depuis la disparition de sa fille, ne parvenait pas à se consoler. Ce qui la tourmentait le plus, c'était de ne pas savoir ce qui était arrivé à la petite.

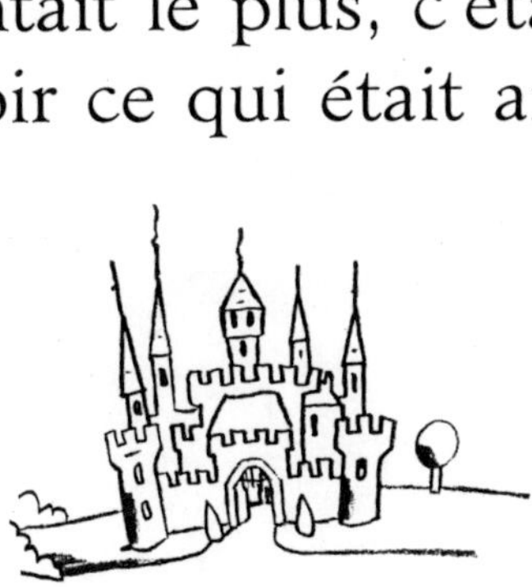

La reine restait souvent assise de longues heures à ne rien faire. Le soir, elle montait tout en haut de la plus haute tour du château, et elle contemplait les étoiles, sans bouger.

Certains disaient qu'elle les comptait pour voir s'il y en avait le même nombre que la veille, d'autres qu'elle y cherchait sa fille, qui était peut-être morte et se serait transformée en étoile.

Un matin qui ressemblait tristement aux autres matins, un carrosse arriva dans la cour et la reine en vit descendre avec stupéfaction une adorable petite fille, comme aurait pu être la sienne. Le cœur battant, elle se précipita… mais derrière l'enfant, descendit une femme qu'elle reconnut tout de suite : sa cousine Sarah. Elle en resta décontenancée.

– Eh bien ! lança la visiteuse en riant, vous me paraissez très surprise et déçue, ma cousine !

– Excusez-moi, Sarah, dit la reine, c'est que j'ai cru un instant que cette petite fille…

Sarah voyait bien que la reine était très émue, mais elle ne comprenait pas pourquoi. Elle dit simplement :

– Je vous présente ma fille Manuella. C'est vrai que vous ne la connaissiez pas : il y a si longtemps que je ne suis pas venue !

La reine avait du mal à retrouver ses esprits. Elle se pencha avec émotion vers la petite fille pour l'embrasser. À bien y réfléchir, il n'était pas surprenant que la fille de Sarah ressemble à la sienne, puisqu'elles étaient cousines… Soudain, elle se sentit moins malheureuse.

– Comme tu as de la chance, dit-elle à Sarah, d'avoir une fillette si mignonne.

Elle n'entendit pas ce que Sarah lui répondait. Elle songeait que, bien sûr, Manuella n'était pas sa fille, mais elle lui plaisait tant...

– Restez donc quelque temps ici, proposa-t-elle à sa cousine, le château est si triste. Votre présence l'égaiera un peu !

Sarah accepta.

Une semaine s'écoula, pendant laquelle la reine sembla retrouver sa joie de vivre. Elle passait toutes ses journées avec la petite.

Si on la cherchait, on avait toujours du mal à la découvrir : elle était en haut de la tour, à fouiller avec Manuella dans les malles, ou près du puits à jouer aux charades, ou au bord de la rivière à chanter des chansons. À moins qu'elle ne soit en train de raconter des histoires sous le grand chêne, d'observer les papillons ou d'écouter les oiseaux dans le parc. Pour elle, c'était comme si la vie était redevenue soudain très amusante.

Par contre, ce n'était pas amusant du tout pour Sarah. Ça l'agaçait un peu, que Manuella et la reine restent ensemble toute la journée et s'entendent si bien.

À vrai dire, elle commençait à être franchement jalouse, si jalouse qu'un jour, elle déclara qu'il était temps qu'elles rentrent chez elles.

Ce fut très dur pour la reine, mais comment protester ?

Sarah et Manuella remontèrent dans leur carrosse, et les roues soulevèrent la poussière du chemin. Immobile à la grille du château, la reine sentit des larmes rouler sur ses joues. À cause de la poussière peut-être.

Manuella, longtemps, regarda par la fenêtre du carrosse. Jusqu'à ce que le château disparaisse au loin. Elle aurait voulu rester encore, juste un peu, mais elle n'en dit rien, car elle était sûre que cela aurait fait de la peine à sa mère, et elle aimait beaucoup sa mère. Elle sentit les yeux lui piquer. À cause du soleil, sans doute.

Le château redevint morne et désert, et la reine recommença à compter les épis dans les champs et les poils sur le dos du chat.

Une année passa, jusqu'à ce qu'un soir, juste avant le coucher du soleil, un courrier à cheval soulève à son tour la poussière du chemin. Il arrivait à bride abattue avec, dans sa sacoche, une lettre pour la reine.

Et c'est là qu'on apprit avec stupéfaction que Sarah et son mari avaient eu un grave accident de carrosse et qu'ils étaient morts tous les deux.

« Quelle catastrophe pour la petite Manuella ! songea la reine. Que va-t-elle devenir ? »

Elle courut voir le roi et dit :

– Messire mon mari, nous ne pouvons laisser cette petite toute seule dans son grand château. Si vous voulez bien, nous allons la prendre avec nous. Vous verrez, elle est très mignonne et ne nous gênera pas.

Le roi accepta sans protester, tant il en avait assez que la reine remarque combien il avait de cheveux blancs et que ses ongles étaient trop longs.

La vie allait enfin changer au château, car la reine recommençait à sourire. C'est alors que…

Revoilà les **brigands** !

– Majesté ! cria un garde en sautant de cheval dans la cour du château. Les brigands ont capturé la fille du confiseur !

– Allons bon ! dit le roi. C'est dommage. Mais les filles, ce n'est pas ce qui manque, alors une de plus ou de moins...

– Mais Majesté, reprit le garde, c'est que le confiseur est inconsolable.

– Bien sûr... bien sûr, bougonna distraitement le roi. Surtout s'il la connaissait bien, ça peut lui faire un peu de peine.

– Un peu de peine? Mais Majesté, il a tant de peine qu'il ne fait plus rien. Il reste toute la journée affalé sur sa table, à pleurer.

– Ah! fit le roi un peu étonné. Ça lui passera.

– Mais, Majesté, il ne fabrique plus aucune confiserie.

Quoi? Alors ça, c'était trop fort! Qu'on ait un peu de peine, bon... Mais ne plus être capable de fournir le palais en bonbons et en chocolats, ça n'allait pas du tout.

– Dites-lui, décréta le roi avec grandeur d'âme, que je vais lui trouver une autre fille. Il doit bien y en avoir, ici ou là, qui ne demanderaient pas mieux que d'être fille de confiseur.

– Mais Majesté, c'est SA fille qu'il veut !

– Oh ! s'exclama le roi, il commence à m'échauffer les oreilles, celui-là ! Courez donc après ces brigands et retrouvez cette maudite fille !

Chez les brigands, c'était la fête. Enfin, pour la première fois depuis dix ans qu'ils essayaient de capturer la fille du confiseur, ils avaient réussi !

Le chef jubilait :

– Bravo, Godor ! Pose la petite ici.

Godor se pencha pour déposer à terre la fille du confiseur qu'il tenait sous son bras, mais...

– Je n'arrive pas à la lâcher, grogna-t-il, elle est toute poisseuse.

– Quelle andouille ! se moqua le vieux, ce que tu peux être tarte !

Il saisit la petite par la taille... et resta collé.

– Vertuchou ! cria-t-il, aidez-moi, je ne peux pas la lâcher !

Alors un brigand attrapa la fillette par la main, un par le bras, un par la jambe, un par le pied, et ils tirèrent.

Hélas ! ils restèrent tous collés.

Quand les gardes du roi arrivèrent, ils n'eurent plus qu'à cueillir la grappe de brigands. On emporta le tout dans un grand filet, sans y toucher.

Enfin, pour pouvoir rendre la petite à son père, qui avait tellement l'air d'y tenir, on se résolut à employer les grands moyens : on rassembla les chiens du château…

Les chiens ne se le firent pas dire deux fois, ils se précipitèrent sur les malheureux brigands.

En moins de temps qu'il n'en faut pour le dire, tout fut léché consciencieusement, jusqu'à ce qu'il ne reste aucune trace de sucre et que les brigands se détachent un à un de la grappe.

Alors on libéra la fillette et on l'envoya coller ailleurs.

« Que faire pour punir les brigands ? se demanda le roi. On ne peut quand même pas les laisser enlever les filles comme ça, d'autant qu'après celle du confiseur, ils pourraient bien s'attaquer à celle du pâtissier ou du cuisinier, et ce serait une catastrophe pour mon estomac ! »

Le mieux, c'était finalement de les pendre…

Sauf qu'on risquait d'abîmer la branche où on attacherait la corde, et le roi aimait trop ses arbres pour hasarder une chose pareille.

Les jeter dans l'huile bouillante serait du gaspillage : de l'huile, on n'en avait pas beaucoup en réserve. Surtout qu'après, elle serait inutilisable.

Leur couper la tête était sale, avec le sang qui coulerait partout sur son beau dallage bien propre.

Les électrocuter n'était pas possible, puisqu'on n'avait pas encore inventé l'électricité.

Bon, il allait les faire jeter hors des frontières du royaume, et qu'ils aillent se faire pendre ailleurs !

Il annonça aux brigands :

– Je vous condamne tous au bannissement. Vous passerez les frontières de mon royaume, et vous n'y reviendrez jamais !

Les brigands en furent atterrés. Leurs yeux s'agrandirent d'effroi.

– Oh non ! gémit le chef.

– Pitié ! supplia le vieux.

– Ne nous chassez pas ! implora Godor, les yeux pleins de larmes.

– Nous ne recommencerons plus ! promit le chef. Maintenant, nous achèterons nos confiseries au magasin et nous les payerons.

Le roi était quand même étonné, et plutôt fier qu'on aime tant son royaume. C'est alors que le vieux ajouta :

– Gardez-nous, je vous en supplie, car dans les royaumes voisins, il n'y a pas de confiseur.

Du coup, le roi sentit sa colère revenir.

– Nous allons tout avouer, promit le chef des brigands.
– Tout quoi? s'inquiéta le roi, craignant que ce soit un peu long.
– Tout. Avant d'enlever la fille du confiseur, nous nous sommes trompés plusieurs fois, nous avons enlevé plusieurs fillettes et nous nous en sommes débarrassés.

Le roi haussa les épaules. En plus, ces brigands n'étaient même pas de bons professionnels!
– Nous nous en sommes débarrassés, reprit le chef, en les déposant à la porte de l'orphelinat.

– Quoi ! s'écria le roi scandalisé. C'est à cause de vous qu'il y a tant de fillettes à l'orphelinat et que sœur Gudule me demande toujours de l'argent pour les nourrir ! Ah ! C'est du propre !

Le vieux leva soudain le doigt pour parler :

– Si je me rappelle bien… dites-moi si je me trompe, les copains… un jour, on a enlevé une fille de roi.

– C'est vrai, acquiesça Godor. C'est moi qui avais fait la gaffe.

– Exact, renchérit le chef, il s'agissait bien d'une fille de roi. Est-ce qu'il y aurait un rapport avec… ? Euh… Y aurait-il plusieurs souverains dans ce royaume ?

Le roi était rouge de fureur. Il tapait du pied sur les pavés de la cour. Enfin, il cria :

– Il n'y a qu'un seul roi dans ce royaume, et c'est moi !

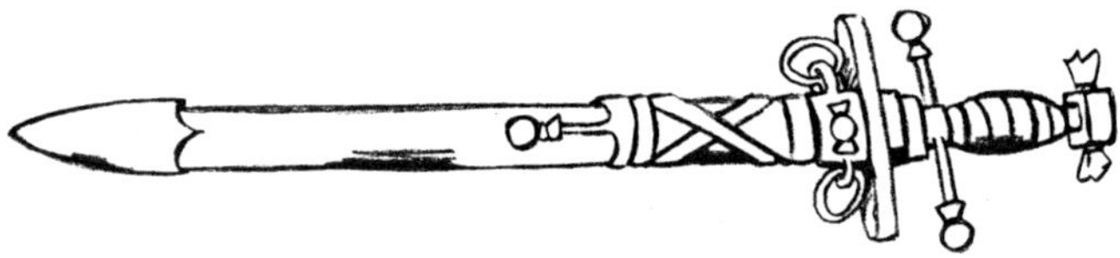

– Ah ! articula le chef. Alors, la petite que nous avons enlevée…

– Est ma fille ! hurla le roi en tapant du pied encore plus fort. C'est vous qui avez enlevé ma fille ! C'est vous qui avez fait pleurer ma femme ! C'est à cause de vous que je devais tout le temps vérifier si j'avais les ongles propres !

Les brigands ne comprirent rien à cette histoire d'ongles, mais ils avaient gagné un peu de temps, car au lieu de les expulser, on les jeta pour le moment dans un cachot.

Une grande émotion

À l'orphelinat, quand sœur Gudule apprit ce qui s'était passé, elle en fut stupéfaite. Plusieurs fois par an, elle trouvait des fillettes à sa porte, des fillettes que les parents ne pouvaient plus nourrir et qu'ils avaient abandonnées, mais jamais elle n'aurait imaginé que certaines d'entre elles avaient été enlevées !

Cela l'inquiéta.

Quelles étaient, parmi ses pensionnaires, celles qui étaient recherchées par leurs parents ? Elle n'aurait peut-être pas dû changer leurs prénoms...

Mais elle l'avait fait pour leur bien, pour qu'elles oublient la tristesse de leur ancienne vie.

Oui, sœur Gudule avait bien des soucis.

Et comment dire aux petites que l'une d'entre elles était la fille du roi ?

Comme elle y réfléchissait, elle entendit des cris du côté de la cuisine. Elle se précipita.

Le carrelage était dans un drôle d'état, et il y avait des éclaboussures partout sur les murs.

– Sœur Gudule, s'écria Guillette, on a renversé la bassine de confiture !

– Doux Jésus ! Vous ne vous êtes pas brûlées, au moins ?

– Non, mais Claire a de la confiture plein sa robe.

Sœur Gudule soupira : naturellement, Claire n'avait pas mis son tablier !

– C'est pas de chance, ajouta Guillette, car en plus, la confiture était drôlement bonne !

– C'est en voulant la goûter qu'on a tout fait tomber, précisa Claire.

À ce moment, Marion et Jeanne entrèrent, un grand panier de prunes à la main.

Jeanne poussa un cri :

– Eh bien bravo ! Il va falloir tout recommencer. Heureusement qu'on vient de cueillir d'autres prunes.

– Euh… À ce propos, sœur Gudule, ajouta Marion d'un ton hésitant, il y a une branche du prunier qui s'est cassée et je suis tombée.

– Bonté divine ! Tu ne t'es pas blessée, au moins ?

– Euh… non, mais ma robe est déchirée.

– Dieu tout-puissant, soupira sœur Gudule, c'est vraiment le jour ! Deux robes à changer, et la reine qui vient justement en visite !

– La reine ? En visite ? s'exclamèrent les quatre fillettes d'une seule voix.

– Oui. Il faudrait rassembler tout le monde, et que nous mangions un peu plus tôt pour avoir le temps de nous préparer ensuite. Où sont les autres ?

– Tiny et Héloïse ont emmené les moutons sur la colline.

– Judith est à la pêche.

– Élisabeth et Margot sont parties aux champignons.

– Perrine s'occupe de Noémie qui a une angine, ajouta sœur Gudule en réfléchissant.

– ... et d'Anneline, qui fait semblant d'avoir une angine, commenta Marion.

– Béatrice et Clémence ramassent les œufs au poulailler.
– Camille fait trotter le cheval.
– Et Elsa ?

Elsa était sans doute en train de sarcler[1] les radis au potager, ou de montrer aux plus jeunes comment planter les graines, ou d'organiser une course d'escargots sur le haut du mur.

Deux heures après, sœur Gudule avait enfin réuni son petit monde. Elle avait annoncé la visite de la reine, mais elle n'avait pas voulu raconter l'histoire des brigands, pour ne pas donner de fausse joie aux orphelines.

1. Enlever les mauvaises herbes.

Inutile de dire que le repas fut encore plus animé que d'habitude et que les langues s'agitèrent encore plus. On en oublia même de plonger sa cuillère dans l'énorme marmite de bouillie et de se disputer le dernier morceau de grillé au fond du plat.

Puis le bruit courut que la reine venait pour adopter une petite fille. Le plus curieux, c'est qu'on précisait qu'elle voulait une fille de dix ans et, là, on ne comprenait pas bien. D'habitude, les visiteurs cherchaient à adopter des bébés.

Les filles de neuf ans et de onze, de sept et de treize, trouvaient ça vraiment injuste, mais elles étaient quand même contentes que la reine s'intéresse à l'orphelinat.

Comme on ignorait l'âge de la plupart des orphelines, toutes les filles qui avaient à peu près l'air d'avoir dix ans décidèrent de tenter leur chance. Et les voilà qui se précipitent à la fontaine pour faire leur toilette, qui se savonnent énergiquement le visage et les mains, qui se brossent les cheveux pendant des heures, qui font et refont leurs tresses jusqu'à ce qu'elles soient parfaites, et qui commencent à lorgner sur leur voisine, pour voir si elle ne serait pas plus belle.

Parce qu'on était sûr que si la reine adoptait une fille, elle choisirait la plus belle.

La plus belle, c'était Anneline. Pas la plus gentille, hélas !, mais la plus belle sûrement.

Quand les filles s'en rendirent compte, le découragement les gagna. Elsa les secoua :

– Pourquoi est-ce que la reine choisirait la plus belle ? C'est seulement dans les livres que les princesses sont belles. Dans la réalité, elles sont ordinaires, et même quelquefois franchement moches.

L'espoir revint aussitôt, et chacune mit sa plus belle robe. Elles pensaient maintenant que la reine, qui était certainement une personne sage et raisonnable, préférerait peut-être celle qui avait les yeux noirs, celle qui baissait la tête modestement, celle qui avait des taches de rousseur, ou celle qui se rongeait les ongles.

Il n'y eut qu'Elsa qui garda sa robe de tous les jours, ne se peigna pas et s'arrangea même pour se couvrir les mains et le visage de poussière. C'est qu'elle ne voulait absolument pas devenir princesse. On disait que lorsqu'on était princesse, on n'avait pas le droit de jouer à se battre à l'épée, ni de salir sa robe, ni de grimper aux arbres, ni de sauter à pieds joints dans les flaques d'eau, ni de dire des gros mots, ni même de parler.

Son amie Tiny lui assura qu'elle exagérait, et que les princesses ont quand même le droit d'ouvrir la bouche pour dire : « Soyez les bienvenus en ce château » ou « Votre visite fut pour nous un grand plaisir ».

Mais cet argument ne convainquit vraiment pas Elsa de l'intérêt de devenir princesse.

– Ne t'inquiète pas, la consola Tiny, tu ne seras sans doute pas choisie. La reine voudra plutôt une fille blonde comme elle, et qui lui ressemble.

– À moins, remarqua Elsa, qu'elle n'en cherche une qui ressemble au roi et qui soit chauve.

– Chut! souffla Tiny en étouffant un rire, voilà la reine.

Sœur Gudule était très émue. Elle fit aligner toutes les petites d'environ dix ans devant la reine et se mit dans un coin, en triturant son mouchoir. Elle priait pour que la reine choisisse Anneline qui lui rendait la vie impossible, ou Noémie qui était malade et coûtait cher en médicaments, ou Héloïse, qui avait de si grands pieds qu'on ne trouvait jamais de chaussures à sa pointure.

La reine passa lentement devant les petites filles alignées, en leur faisant un sourire à chacune.

Elle leur demanda leur nom, mais cela ne l'aida pas beaucoup puisque, leur nom, c'était sœur Gudule qui le leur avait donné. Il y avait évidemment là la fille de l'apothicaire et celle du paysan, celle du professeur et bien d'autres, seulement elles ne savaient pas qui elles étaient, elles avaient tout oublié de leur vie d'avant.

La reine était horriblement embarrassée. Elle avait beau regarder une à une toutes les petites filles, elle ne reconnaissait pas la sienne. Elle s'arrêta enfin devant Anneline, qui était si jolie…

Vite, sœur Gudule s'approcha :

– Si vous pouvez prendre Anneline, ça me débarrass… euh…

ça me fera plaisir de la voir bien établie.

La reine hocha la tête, puis elle recula pour voir les petites filles de plus loin. Elle demeura bouche bée… Ses lèvres se mirent à trembler. Elle leva la main et, du bout du doigt, désigna Elsa.

Sœur Gudule aimait bien Elsa, ça l'embêtait de la voir partir.

– Êtes-vous certaine de vouloir celle-ci ? s'informa-t-elle. Elle n'est pas toujours obéissante, vous savez, et pas très soigneuse non plus, comme vous pouvez le voir.

– C'est ma fille, répondit la reine, ma fille que j'avais perdue.

– Moi ? s'ébahit Elsa, catastrophée. En êtes-vous sûre ?

– J'en suis sûre, dit la reine, c'est vous. Vous êtes la princesse Aurore.

Il n'y avait rien à répliquer à cela. Sœur Gudule vit bien que la reine était décidée... et un peu vexée d'être passée devant Elsa tout à l'heure sans reconnaître en elle sa fille.

Qu'avait-il bien pu se passer ensuite qui l'avait fait changer d'avis ?

Un coussin sur le **trône**

Toute sa vie, Elsa avait été très gaie et rieuse, mais maintenant qu'elle était la fille de la reine et du roi, elle ne s'amusait plus. Et, même, elle s'ennuyait terriblement.

Pour lui enseigner les bonnes manières, elle avait une gouvernante qui connaissait sur le bout des doigts tous les principes d'éducation d'une princesse.

Elsa apprit en une semaine :

Qu'elle ne devait pas courir, car ce n'est pas élégant,

Ni sauter, car ce n'est pas digne,
Ni manger avec les doigts, car ce n'est pas décent,
Ni s'habiller elle-même, car ce n'est pas convenable,
Ni rire fort, car ce n'est pas bienséant.

Le soir, dans son lit – beaucoup trop grand – Elsa se rappelait l'orphelinat, ses amies, les fous rires au dortoir, sœur Gudule qui grondait en essayant de prendre un air sévère.

Et puis elle songeait que les salades qu'elle avait semées devaient être bonnes à manger, elle songeait qu'il était temps d'arracher les carottes (pourvu que Tiny y pense !), elle songeait que la Noiraude, leur gentille vache, allait avoir son veau et qu'elle ne serait pas là pour l'aider et la rassurer...

Et le pire, c'est qu'elle se rendait bien compte qu'avec les robes encombrantes et mal pratiques qu'elle portait aujourd'hui, elle ne pourrait plus jamais entrer dans une étable et encore moins aller traire les chèvres à la bergerie. Alors, la vie au château lui semblait un enfer.

Cela, Elsa ne pouvait pas le dire, car elle aimait bien la reine, qui était gentille, et surtout… surtout il y avait Manuella.

Manuella était une petite fille adorable, toujours de bonne humeur, toujours souriante. Manuella, ça ne l'ennuyait pas du tout qu'on l'empêche de courir dans les allées et de sauter les ruisseaux, ça ne l'ennuyait pas non plus de manger avec une fourchette, ni de se laisser habiller par sa servante. Ce qu'elle aimait, c'était lire et apprendre le plus de choses possible avec ses professeurs. Tout le contraire d'Elsa.

Pourtant, les deux petites filles s'aimaient beaucoup.

Bien sûr, Manuella était triste de voir qu'Elsa ne s'habituait pas à la vie de château. Elle lui dit un jour :

– Tu as beaucoup de chance d'être la fille du roi ! Beaucoup de petites filles voudraient être à ta place.

– Toi, par exemple ?

Manuella rougit un peu.

– Moi, ce n'est pas pareil. Je me suis toujours sentie bien dans ce château. Mais c'est normal : moi, j'ai été élevée dans un château. Et puis il y a la reine…

– Elle t'aime plus que moi, remarqua Elsa.

– Non ! s'écria Manuella. Elle nous aime toutes les deux.

– Elle t'aime plus, insista Elsa, même si elle fait des efforts pour ne pas le montrer. Rassure-toi, ça ne me fait pas de chagrin, parce que je n'arrive pas à la considérer comme ma mère.

– C'est vraiment dommage, soupira Manuella.

– Maudits brigands ! s'écria Elsa avec colère. Quelle bêtise de s'être fait prendre, j'aurais pu continuer à vivre tranquillement à l'orphelinat avec sœur Gudule !... Ou alors, j'aurais pu être reconnue par d'autres parents.

– Qui par exemple ? demanda Manuella.

– Par exemple un marchand forain. Alors, j'aurais mené une vie formidable sur les routes, et j'aurais parcouru les foires et les marchés, en vendant des draps, ou des chaussures, ou des chapeaux, ou des fruits...

– Vendre des fruits ? demanda Manuella étonnée.

– Oui, ou des légumes. Ça, je sais le faire. À l'orphelinat, j'aidais sœur Gudule à les cultiver et, ensuite, nous les emmenions sur les marchés. J'adore vendre, et peser, et parler avec les gens... (Elle soupira.) Ici, il n'y a qu'avec toi que je peux parler.

Manuella hocha la tête. Elle n'aurait pas du tout aimé vendre des légumes sur le marché, mais quand Elsa le racontait, ça avait l'air amusant.

– Et puis, continua Elsa, j'aurais transporté mes marchandises dans une charrette, avec un gentil cheval, et j'aurais dressé mon étal, et j'aurais disposé joliment mes légumes et, par moments, j'aurais été fatiguée, et alors je me serais assise sur un petit tabouret en bois… Au lieu de ça, ici, même quand je ne suis pas fatiguée, je suis obligée de rester plantée sur un fauteuil brodé où on n'a pas le droit de mettre les pieds.

Manuella étouffa un petit rire : il ne lui serait jamais venu à l'idée de mettre ses pieds sur un fauteuil.

– Et encore, continua Elsa, j'ai évité le trône, où je n'aurais pas eu le droit de bouger du tout. Il faut s'y tenir bien droite, avec les bras sur les accoudoirs. Une chance que le roi le trouve trop grand pour moi !

Les petites filles se turent : le roi lui-même venait d'entrer. Il était très rare que le roi se déplace en personne pour venir les voir.

Il agita le sceptre qu'il tenait à la main et déclara :

– Ma fille, vous allez être contente, car j'ai enfin résolu le problème du trône. On va y mettre un coussin pour qu'il soit à votre taille.

– Un coussin ? s'écria Elsa de manière très mal élevée. Je vous en prie, je ne veux pas de coussin, je ne veux pas de trône !

Elle allait dire « Je ne veux pas être la fille du roi », mais elle s'arrêta à temps, parce qu'elle n'aimait pas faire de la peine aux autres.

Le roi la fixa avec des yeux furieux et sortit en lâchant à la gouvernante :

– Enfermez-la dans le placard sous l'escalier et laissez-la au pain sec et à l'eau pendant deux jours.

Après quoi il alla frapper à la porte de la reine.

– Votre fille va me rendre fou ! s'emporta-t-il. Elle ne veut pas du trône. C'est désobligeant et invraisemblable. Jamais je n'aurais imaginé une chose pareille. Êtes-vous sûre que cette fille est bien notre petite Aurore ?

– J'en suis sûre, affirma la reine.

– Comment le savez-vous ?

La reine hésita un peu, puis elle dit :

– Je suis désolée que vous ne vous entendiez pas bien avec Aurore. Autrefois, vous l'aimiez beaucoup.

C'est vrai qu'elle a changé pendant ces sept années d'orphelinat, mais elle est notre fille, car elle porte le médaillon qu'elle avait au cou quand nous l'avons perdue.

Le roi soupira. Si elle portait le médaillon, aucun doute n'était possible.

Une surprise

Deux jours dans le placard, au pain sec (avec du beurre et de la confiture que Manuella lui avait apportés en cachette) et à l'eau (avec du sirop de framboise venu par le même chemin), n'avaient pas calmé Elsa. Rien à faire, elle trouvait insupportable d'être fille de roi. Pourtant ces deux jours dans le noir lui avaient permis de réfléchir, et elle avait repensé à une chose étrange…

Aussitôt libérée, elle alla trouver le roi :

– Je crois que la reine s'est trompée, et que je ne suis pas votre fille.

– Qu'est-ce qui vous fait croire cela, mademoiselle-je-sais-tout ?

– C'est que, lorsqu'on m'a trouvée à la porte de l'orphelinat, je portais un vieux tablier et des sabots de bois. Ce ne sont pas des vêtements de princesse.

Le roi poussa un soupir :

– Je voudrais vous croire, mais hélas ! vous êtes bien ma fille. Les brigands ont dû simplement garder vos beaux vêtements.

Elsa n'avait pas songé à ça, et elle fut bien déçue. C'est alors que le roi ajouta :

– Ils n'avaient sans doute pas vu votre médaillon. S'ils vous l'avaient volé, on ne vous aurait jamais retrouvée.

– Mon médaillon ? s'étonna Elsa.

À ce moment, la reine entra.

– Je vois que vous savez tout, dit-elle. Messire le roi veut parler du médaillon que vous portez autour du cou depuis votre naissance. C'est grâce à lui que je vous ai reconnue.

Elsa extirpa de sa chemise le médaillon :

– Celui-ci ? demanda-t-elle.

– Celui-ci. Regardez à l'intérieur, il y a le portrait du roi et le mien.

– Je ne savais pas qu'il s'ouvrait ! s'ébahit Elsa.

La reine s'approcha et fit jouer le mécanisme.

– Regardez.

Et dans le médaillon, Elsa reconnut le roi d'un côté, la reine de l'autre.

– Voyez, constata le roi, vous êtes notre fille.

Alors, à leur grande surprise, Elsa éclata de rire. Elle riait tellement qu'elle fut obligée de s'essuyer les yeux tant les larmes coulaient. Le roi et la reine ne savaient qu'en penser et s'il leur fallait rire aussi ou se fâcher.

Enfin, Elsa hoqueta :

– Ce médaillon... C'est Béatrice qui me l'a échangé contre une vieille couverture.

La reine devint toute pâle.

– Bé-Béatrice... bégaya-t-elle.

Puis elle se reprit :

– Béatrice... Dites-moi, Elsa, Béatrice est-elle blonde ?

– Blonde, oui, avec de longs cheveux. À mon avis, elle est assez délicate pour être fille de roi.

La reine avait du mal à respirer.

– Qu'on envoie tout de suite chercher Béatrice, ordonna-t-elle.

Quand Béatrice arriva, très étonnée d'être convoquée au palais, elle fut accueillie par la reine et le roi, qui lui parlèrent d'un ton très gentil :

– Ma petite Béatrice, reconnaissez-vous ce médaillon ?

– Oui, dit-elle timidement, il était à moi.

– Regardez à l'intérieur, que voyez-vous ?

– Ma foi, je ne savais pas qu'il s'ouvrait... Je vois Sa Majesté le roi et Sa Majesté la reine.

– Vous pouvez dire votre père et votre mère car, dans le médaillon d'un enfant, on met toujours le portrait de ses parents.

Béatrice demeura un instant suffoquée. Son père et sa mère ? Enfin elle soupira, secoua la tête et dit d'une petite voix :

– Oui, mais avant, ce médaillon était à Camille. Elle me l'a troqué contre un pantin de bois.

Le roi et la reine en furent tout abasourdis.

– Qu'on fasse venir Camille !

Camille était très contente. Ça lui plaisait bien, l'idée de devenir fille de roi. Malheureusement, ce médaillon, elle l'avait obtenu d'Anneline, contre son dessert pendant tout un mois.

– Anneline..., souffla rêveusement la reine.

Camille détestait cette peste d'Anneline et elle précisa aussitôt :

– Mais Anneline avait trouvé le médaillon près du ruisseau.

C'était à s'arracher les cheveux. Le roi était très en colère, la reine désespérée. Sa fille, sa vraie fille était vraiment perdue et, maintenant, on ne pourrait plus jamais la retrouver.

Elsa prit alors la parole :

– Messire le roi, madame la reine, je crois que le mieux pour vous serait que vous adoptiez Manuella.

– Vous avez raison, dit la reine en se tamponnant les yeux avec son mouchoir.

Le roi bougonna un peu. Ce n'était peut-être pas une mauvaise idée, mais était-il sûr d'avoir la paix ? La reine pouvait bien un jour vouloir sa vraie fille. Il réfléchit longuement.

– Il faut tout vérifier d'abord, décida-t-il. Faites venir Anneline.

Ces mots éveillèrent soudain chez Elsa une pensée affreuse : de toutes les pensionnaires de l'orphelinat, Anneline était celle qui ressemblait le plus à la reine !

La vraie princesse

Anneline avait de longs cheveux dorés et un visage d'ange. Quand elle s'avança, les yeux baissés, la reine sentit son cœur battre plus vite.

– Où avez-vous trouvé ce médaillon ? demanda le roi.

Anneline leva lentement la tête :

– Trouvé ? s'étonna-t-elle. Je ne l'ai pas trouvé, il a toujours été à moi.

La reine se figea. Un silence de mort régnait sur la salle.

– Ce n'est pas vrai ! s'écria enfin Camille. Tu l'as ramassé près du ruisseau.

– J'ai seulement fait semblant de le ramasser, dit Anneline d'un ton doucereux. Je savais que j'étais la fille du roi et de la reine, mais je voulais qu'ils me reconnaissent eux-mêmes.

Elsa se torturait les mains. Ce n'était pas possible, ça ne pouvait pas être possible, ça ne devait pas être possible ! Une méchante comme Anneline, avec une si gentille mère. Et puis, être fille de roi et n'en rien dire n'était pas le genre de cette pimbêche.

La reine fixait la fillette avec surprise et presque de la crainte. Le visage était angélique, mais les yeux lui faisaient un peu peur, elle ne reconnaissait pas le regard rieur de sa petite.

– Mon vrai nom est Aurore, ajouta enfin Anneline.

Et elle se précipita vers la reine pour la serrer dans ses bras.

Sans le vouloir, la reine eut un petit recul.

C'est alors que la porte s'ouvrit et que Manuella entra.

– Oh ! s'exclama-t-elle, quelle chance, vous avez retrouvé mon médaillon !

Anneline se raidit. La reine tourna la tête.

– Votre médaillon ? souffla-t-elle.

Le roi se gonfla de colère :

– À qui l'aviez-vous échangé, et contre quoi ? demanda-t-il sévèrement.

– Excusez-moi, dit Manuella en rougissant, je ne saisis pas bien le sens de vos paroles. Ce médaillon, je l'ai depuis ma naissance. Malheureusement, je l'avais perdu près du ruisseau l'année où je suis venue avec ma mère.

– Mais... mais..., bégaya la reine, cela est impossible, car vous êtes la fille de Sarah.

– Je suis la fille de Sarah, c'est vrai, dit Manuella qui ne voyait pas du tout où la reine voulait en venir et ce qui était « impossible ». Sarah m'a adoptée dès mon arrivée à l'orphelinat.

– Mon Dieu, soupira la reine en portant la main à son cœur.

Manuella ne comprenait toujours pas ce qui se passait. Le roi était tout rouge, la reine toute blanche, Anneline toute verte. Seule Elsa semblait juste rose comme il faut, et elle s'approcha de Manuella en riant :

– Je suis bien contente que ce médaillon soit le tien.

– Ah bon ? Cela a-t-il de l'importance ?

– De l'importance ? cria le roi en suffoquant à moitié.

La reine commençait à reprendre des couleurs. Elle n'osait pas croire vraiment ce qu'elle avait entendu, de peur que ce ne soit encore suivi d'une déception pire que les autres. Elle parvint enfin à demander avec douceur :

– Le nom d'Aurore vous est-il familier ?

Manuella réfléchit.

– Quand je l'ai entendu pour la première fois ici, dit-elle enfin, j'ai ressenti une curieuse impression, comme si c'était un nom que je connaissais bien, comme si, il y a longtemps, cela avait été mon propre nom. J'ai même pensé un moment... mais vous aviez reconnu qu'Elsa était votre fille, donc ce n'était pas moi.

– Mon Dieu, répéta la reine toute pâle, Manuella est ma fille, ma petite fille...

Et elle se mit à pleurer d'émotion, sans pouvoir s'arrêter.

C'est Elsa qui dut tout expliquer à Manuella : comment on ouvrait le médaillon, et qui étaient les gens des portraits. Alors, Manuella se jeta dans les bras de la reine et elles pleurèrent encore toutes les deux.

Elsa était ravie. Elle avait hâte de retourner à l'orphelinat avec sœur Gudule pour s'occuper des légumes et voir le petit veau de la Noiraude.

Pour les autres fillettes...

La nouvelle que les enfants disparues se trouvaient à l'orphelinat parvint enfin jusqu'aux frontières du royaume et les parents se précipitèrent.

C'est ainsi que Béatrice fut reconnue par l'apothicaire, et ça tombait bien parce qu'elle adorait la tisane.

Marion découvrit qu'elle était la fille du paysan et que celui-ci possédait un magnifique verger de pruniers, où elle pourrait grimper tant qu'elle voudrait.

Guillette avait une mère cuisinière, quelle chance !

Il n'y avait que Camille, qui n'était pas plus contente que ça : son père était le professeur et il la faisait travailler du matin au soir. Mais enfin, elle se dit que, princesse, ça ne devait pas être marrant non plus tous les jours.

Quant aux brigands responsables de cette histoire, ils furent très sévèrement condamnés : on les obligea à manger tout le chocolat du confiseur et ils furent tous malades, malades, malades.

Pour se venger, à peine relâchés ils enlevèrent la première fillette qu'ils trouvèrent sur leur chemin. C'était Anneline. Depuis, il paraît que leur vie n'est pas très drôle.

Si vous avez aimé

La vraie princesse Aurore

vous aimerez

Le vrai prince Thibault

TABLE DES MATIÈRES

L'AUTEUR

Évelyne Brisou-Pellen vit à Rennes. Après des études de lettres, au lieu d'enseigner comme elle l'avait prévu, elle a commencé à écrire… et elle a attrapé le virus.

Aujourd'hui, elle passe ses journées entre des empilements de documents, à concocter des histoires qui font rire, pleurer, rêver, voyager…

Elle a publié de nombreux romans chez Gallimard, Hachette, Nathan, Milan, Pocket, Casterman, Bayard, Flammarion et Rageot entre autres.

L'ILLUSTRATEUR

Thierry Christmann est né en 1964 en plein milieu des grandes vacances. Pourtant, depuis qu'il est illustrateur, il n'aime plus trop les vacances. Dès qu'il a un petit moment de libre entre deux livres à illustrer, il en profite pour dessiner ou pour lire des romans qu'il n'a pas à illustrer. De temps en temps, il se rend dans des écoles pour créer des histoires et en imaginer les dessins avec les élèves. Sinon il habite Strasbourg et a deux garçons, Robinson et Léo.

DANS LA MÊME COLLECTION

à partir de huit ans

du même auteur :

Le vrai prince Thibault.

Qui est Guillaume ?
Qui est Thibault ?
Personne ne reconnaît le fils du roi de celui du valet lorsque leur nourrice meurt.
Le roi les élève ensemble en attendant que la vérité triomphe.
Mais au fil des ans, leurs ressemblances s'accentuent…

La plus grosse bêtise.

Hilaire, surnommé Pupuce, est un gros chien qui adore faire des bêtises. Mais elles ne sont pas toujours du goût de ses maîtres.
La gourmandise et quelques maladresses vont même le conduire au chenil. Quelle vie de chien !

Mon extraterrestre préféré.

Pourquoi Ploc-Ploc l'extraterrestre est-il venu sur Terre ?
Et pourquoi a-t-il choisi de s'installer dans la chambre de Chloé ?
Maintenant il va falloir cohabiter…

Retrouvez la collection
Rageot Romans
sur le site www.rageot.fr

Achevé d'imprimer en France en février 2013
chez Jouve
Dépôt légal : mars 2007
N° d'édition : 5868 - 04
N° d'impression : 2065699R